KB108399

시간의 조각들

시간의 조각들

발행일	2023년 08월 23일

지은이	김희택		
펴낸이	손형국		
펴낸곳	(주)북랩		
편집인	선일영	편집	윤용민, 배진용, 김다빈, 김부경
디자인	이현수, 김민하, 김영주, 안유경, 최성경	제작	박기성, 구성우, 변성주, 배상진
마케팅	김회란, 박진관		
출판등록	2004. 12. 1(제2012-000051호)		
주소	서울특별시 금천구 가산디지털 1로 168, 우림라이온스밸리 B동 B113~114호, C동 B101호		
홈페이지	www.book.co.kr		
전화번호	(02)2026-5777	팩스	(02)3159-9637

ISBN	979-11-93304-32-7 03810 (종이책)	979-11-93304-33-4 05810 (전자책)

(주)북랩 성공출판의 파트너

북랩 홈페이지와 패밀리 사이트에서 다양한 출판 솔루션을 만나 보세요!

홈페이지 book.co.kr • **블로그** blog.naver.com/essaybook • **출판문의** book@book.co.kr

작가 연락처 문의 ▶ ask.book.co.kr

작가 연락처는 개인정보이므로 북랩에서 알려드릴 수 없습니다.

시간의 조각들

김희택 지음

북랩

머리말

：

사업가에서 시인으로

이제 내 눈과 내 마음은
세상에 가득한 듯하지만 쉽게 발견할 수 없는
가치 있는 피사체들을 찾으려 한다.
좁은 문으로 들어서는 이들을 포착하고
나누고 함께 사는 세상을 눈여겨보면서 또 만나려 한다.
앞으로 내가 찍고 간직할 미래의 사진이 있다면,
바로 그런 사람, 그런 풍경과 함께 보낸
한 순간의 모습일 것이다.

목차

4부

일상

1부
감성

화려한 탄천

끝없는 붉은 불빛 행렬
꼬랑지 따라가다 보면
어느새 탄천

다람쥐는 바퀴를 하염없이 돌다가
개미가 어딘가 가서 입 한가득 다녀오듯
나도 메마른 나날
어디선가 먹이 물고 들어오는
탄천가 물새

기다림
그리움

행복

행복은
기다림이 있는
그래서 살짝은 애틋함이 있는

가진 게 많아 넘침이 없는
있음에 감사하고
그래서 살짝은 애틋한

무언가 더 해 주고 싶은데
무엇을 해도 마음 같지 않은
그래서 안타까운

그런 게 사랑인가?

채움이 소용없고
비워도 아름다운
그래서 고맙습니다

2022년 봄의 문턱에서

아름다움(1)

움직이는 건
바람도
향기도 아닌
내 마음입니다

아름다움이란
눈 부릅뜨고
찾아 고르다
별다른 게 아닌 듯

어느 날 품은 향기가
느낌 없이 하나 되듯
아름다움은
그리
다가오나 봅니다

움직이는 건
그저 내 마음이라고

오늘따라
오랜 친구 못 보아 궁금한 친구들

봄의 턱걸이

올 듯 말 듯 봄의 문턱이
턱걸이하다 못내 올라
할딱거리는 아이가
앙상한 나무가지 위
푸르름 혹시 왔나?
창밖 턱걸이하는 내 모습이려나

시간의 조각들

있지요

있지요
언젠가
잊는다는 건 오래 힘들었던 듯
사람 삶이 갈대 같아
어느새
이어진다는 게 신나게 들떴던
언젠가 하루하루

있다는 것이 어쩌다 오늘인지 의아하답니다
그래서
정겨운 날인가 합니다

사랑이란(1)

마음이 머무는 거기
스쳐 지나는 바람처럼
꽃잎 향기

멋은
느낌으로 품는 거라면
맛은
품어야 느끼는 거라

향에 취해
사방이 환해 안 보이는
정원 한 귀퉁이에서
뭐 좋다고
쩍쩍거리는
이름 모를 새처럼

그저 지나다
속절없이 앗겨 버린
온데간데 흔적 없는
내 마음은
어찌하려고

설렘

비행기 창밖으로 보이는
서울 하늘
익은 가을 청명함
오늘따라 설레는 귀국길

따스한 숨소리
페르시안 카펫 위로
한없이 퍼진다.
설렘은 창밖에 색깔 진 이파리

청심환으로나 마주하던
가슴 두근거림이
모양내어 칠한 듯
아련히 피어나는 설렘이 되어

아름다운 인생
때로 회의에 빠지고
때로 무미건조해도
설렘은 희망입니다.

은혜

한참을 왔는데 끝이 아니라
더 달리다 보니 다시 시작인 듯
어느새
나는 큰 동그라미를 그린다
가는 길
돌아나는 싹마다 은혜롭다

오랜만에 찾아온 어느 전무님
처를 보내고 아프게 지내던 게 엊그제
어느새
그는 행복해 보인다
아쉬운 맘
돌아난 싹이 은혜롭다

어느 날 뒤돌아보니
아름다움이
행복이

풍만함이
뭉게구름이다
은혜롭다
그저 감사하다

낙엽

흩날리는 이파리
머금은 것 다 적서 주고
이슬조차
머물지 않는
색깔마저 아리송한
길바닥 빗자국에
쓸려 가는 신세가 되어 버린
떨어진 이파리

젊음은 항상 아른거리는 것
강아지 눈에 비치는
자신조차
누구인지 모르는
언제 잊힐지 모르는
인생길 한순간에
걷다가 기어가다 쓸리더라도
삶은 그 자리에

시간의 조각들

아스팔트 위 젖은 누런 이파리에
연한 푸르름이 보인다
축축함이 촉촉하다

뭉게구름

아득한 언젠가
생각해 보니
뭉게뭉게 피어나는
파아란 하늘에
뛰듯 놀듯
부풀어 오른 구름이 있었다

쳇바퀴 다람쥐 같은
오늘따라
흩어지다 마는 보슬비가
잔뜩 찌푸린 하늘에
무거운 듯 우울해
거품거품 뭉게구름이 그립다

사랑은 그리
피어나
잿빛 하늘 뒤에 숨어

끝 모르고 하얗게

그래서

어느새 풍성한

뭉게구름인가 하오

겨울맞이

넘실대는 산등성이
곧 겨울이 올 모양이다
미세 먼지 지나 보이는
이 색깔 저 색깔이
외롭다

그나마
오랜만에 보는 반가운 이들
옹기종기 내쉬는 숨소리
이 모습 저 모습이
아름답다

사각 천장 바라보는 내가
오늘따라
벌써
따뜻함이 반가운가 보다

시간의 조각들

등불

아름다운 건 모습이 아닌가 하오
한없이 얽혀 어딘지 두리번거릴 때
기어서라도 가고 싶은 등불인가 하오

아름다운 건 눈에 보이는 게 아닌가 하오
비몽사몽 간 스쳐 지나 어리둥절할 때
나를 깨우는 등불인가 하오

아름다운 건 그대인가 하오
얽혀 힘들어도 어딘지 헤매서도
가야만 품을 수 있는 등불인가 하오

아름다움(2)

아름다움은 눈으로 보는 게 아닙니다
넘치도록 채우는 풍성함
가슴과 머리가 하나 되어
느끼는 것입니다
사랑입니다

아름다움은 선이 없습니다
거리낌이 없어져 풍만한
그대와 내가 하나 되어
넘나드는 것입니다
사랑입니다

시간의 조각들

천생연분

넌 너무 이상적이야, 네 눈빛만 보고

버스 안에서
음악이 조용함을 깨운다
인연이란 심하게 우연이라
운명이다

어쩌다 생각 없는 마주침이
생각 밖에 세상을 모르던 나를 깨운다
만남이란 지극한 선물이라
운명이다

살아가는 시간을
하루하루 나눌 수 있음에
운명처럼 다가온 시간시간이
어느새 내 일상이 되었다

시끄런 버스가 은혜롭다

꿈(1)

오늘따라 어지럽다
생각은 몸하고 같이 놀지 않아
밉기도 하고
때론 고맙다

생각은 상상이다
전혀 입 풀칠에 도움 안 되어
밉기도 하지만
그나마 즐겁다

패딩으로 막아야 하는 계절
없어도 좋은데 여차 없이 에이는 게
밉기도 하고
해서 아름답다

언젠가 어디선가
저 끝 모든 게 아무렇지 않아서

따뜻한 눈 만지며
내리는 얼음 비조차 촉촉한
별생각 없는
그런 어느 출근길의 꿈이어라

내 마음, 용산을 지나며

눈이 내리네
따스함 저리로 보내고
어느새
얼어붙은
작은 연못 금붕어는
내 마음이려다

눈이 내리네
푸르른 물길이 가시니
어느새
붉디붉어
아무것도 보이지 않는
내 마음이려다

시간의 조각들

이 순간 얼른 지나가
아쉬웠던
기억조차 아른거리게
어느새
눈 녹아 푸르른
내 마음 되리

동지

낮이 제일 짧아
동지
한 해가 저무는 공허함을
반음 떨어진 듯한 소음으로 가득한
이 길거리가
어지럽다

시간에 갇혀 버린 이 밤은
희망이다
동지 햇살이 얼어붙은 가로수에
가득할 때면
차갑기만 한 이 공기가
상쾌하다

팥죽 먹어 본 지 오래다
고소하게
입안 가득 채우는 내음이

아른거릴 때면
성탄을 지나 설맞이까지
찬 공기가 반갑다

눈

슬쩍 소리 없이 누웠더니
하얗게
이미 그대는
와 계시네요

뽀드득 소리 내어 걷다 보니
내 발자국은
그대 속 깊이
묻혀 있네요

하야임이 지나
잿빛 떨거지 되더라도
나는
그대 안에서
머물고 싶네요

입맞춤

심장이 어지럽다
돌던 피가 어디로 갔는지 현기증까지
첫 키스는
발할라 다른 세상에서
가져온 선물이었더라

시간이 멈추었다
고속도로 달리는 차들의 굉음까지
입맞춤은
하늘로 다른 세상으로
보내 버린 폭풍이었더라

인생이 정겹다
언제 해도 어디서든 습관이 될지언정
뽀뽀는
이미 와 있는 다른 세상이
품속에 밀려드는 속삭임이더라

그리움

고개를 돌려도
눈을 감아도
뒤돌아봐도
너는 그 자리에 있구나
나부끼는 바람결에도
차가운 바람 속에도
시끄러운 웃음 속에도
너는 나를 바라보고 있었구나
너를 어찌하면 좋을꼬?
너를 피할 수도 숨길 수도 없으니
나는 너를 안고 가야겠구나

꿈(2)

깊은 어디선가 들리는 반가운 얼굴
말없이 멀리 빙그레 사라지는 모습
깨어 보니 꿈이라도

백사장 모래밭, 아침 햇살 찬란함
어느새 한낮 뜨거움을 못 이기고
사라지는 꿈이라도

어릴 적 비눗방울 무지개, 톡 튀는 현란함
아이와 마저 한번 나눌 기회 없이 사는 도시의 삶에
빛바래진 꿈이라도

반가운 얼굴, 반짝이는 아침 햇살
그리고 무지개 색 어린 시절
오늘은 또 무슨 꿈을 맞이할지
와인 한잔에 설렘을 실어 본다

춘몽

날아드는 작은 새는 어느새 무리 지어
자그마한 연못가 꽃망울 흩날리고

모락모락 물안개는 어느새 어울려져

파아란 하늘가 맴돌아 피어난다

머얼리서 들리는 아이들 놀이 소리
한적해서 나른한 봄 큰 기지개 돌아보니

가 버린 아름다운 날 보고픈 동무 소리
푸른 잎새 지나는 바람 이 마음 실어 보내리

시간의 조각들

연민(시조)

돌아보니 우연이라
겪어보니 인연이니
우리인생 걷다보면
아무의미 있으려나

지나치며 스쳐버린
아리따운 여인인들
마음깊이 새기잔들
무슨소용 있으리오

사랑하는 님이시여
옆에있어 고맙다오
우리같이 걷다보면
이순간이 영원하리

봄맞이

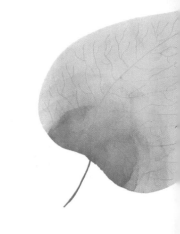

가로수길 앙상하던 나무에
하루 새 꽃들이 피었다
목련이다
단아한 색 고움이
이제 봄인가 보다

이파리보다 먼저 나오다 보니
아직은 찬 아침 바람에
철썩거린다
카메라에 담는 내 모습이
이제 봄인가 보다

곧 떨어질 목련 꽃잎
연못가 흩어져 살랑거리면
이파리 가득
초록빛 어울져 흐르는
봄맞이 가야겠다

시간의 조각들

당신

인생 아주 먼 길 돌아보면
울퉁불퉁 정신없고
티격태격 불안하니
사나 죽으나 무언들 다를까?

이러기엔
내가 없는 게 낫지요

당신을 만난 먼 날 돌아보면
울퉁불퉁 불안했고
티격태격 정신없어도
사는 게 재미도 의미도 있었으니

아, 그저
당신이 있는 게 고맙습니다

4월 어느 날

가는 걸음 멈춰 하늘 보면
푸르름 깊어
여름이 오나 보다

짧은 셔츠 입고 나서는
출근길 아이는
여름을 기다리고

목련 지고 벚꽃 지고
푸르름 피어나니
어느새 봄이 가려나 보다

잘 가시게 그리고 또 보세
출근길 내 외투도
그대와 함께 보내리다

시간의 조각들

사랑이란(2)

흐르는 건 강물만이 아니라

우리 마음도
돌에 부딪치고
암흑 속에 갇히기도
때로는 소용돌이가 되다가
흘러 흘러
푸름 가득한 데 다다라
아무나 무어든 품을 수 있으니

사랑이란 그런 건가 보오

다시 한번

어린 시절
공 차고 팔자놀이 구슬치기
다시 한번
꿈에나 할 수 있을지

푸르름 퍼지는
오월 살랑이는 봄바람에
다시 한번
이미 저 건너편이라오

이 풍진 세상
언제부터 어디까지인지
다시 한번
생각해 보니 꿈만 같아

집 앞 탄천 물길에
떠 가는 잎새가
나인가 하오

여행

머얼리 떠나고 싶다
한걸음 디디면 초록 풀잎
다른 걸음 디디면 푸르른 물길
가다 보면 어느 산골 오두막 다다라
배추전에 막걸리 한잔하고픈데

휙 떠나지 못하는 내가
안스러워
이리 안타까운가 보다

가끔 쳇바퀴 인생 벗고
머얼리 떠나고 싶다

청춘

예전 어느 시인이 그러더라
육십두 살이라며
본인이 늙었다고
나랑 이십여 년 터울인데
그해인지 그담 해인지 가셨다

마음의 청춘은
세월 따라 시작되는 것을
시드는 꽃 뒤에
피어나는 새로운 꽃이 있는 것을
끝이 곧 시작인데 아쉬워라

육십두 살 그대와
언제 어디선가
막걸리 한잔 드리우며
저 하늘의 푸른 여유가
그대에게 청춘이었던 것을

지금 육십칠 세 아이에게는
이제야 시작인 것을

없는 과거 있는 미래

없었던 과거에 불구하고 지금 있으면
흥한 사람

있었던 과거에 불구하고 지금 없으면
망한 사람

지금은 흥한 사람들의 세상이다

지금 망해 힘들어도 정신 차리면
흥한 사람

지금 흥해 날뛰어도 한 발짝 헛디디면
망한 사람

미래는 그래서 희망이다

나그네

서해안 따라 고속도로
백미러에서 멀어지는 푸르름
앞만 보고 달리다 보니
뒤에 강산이 그저 지나는 나그네

서해안 걸쳐 고속도로
십팔 반상 가슴 떨리는 한 차림
수백 키로 뒤돌아보니

나는 생각 떨치고 지나는 나그네

희로애락

내 인생에 무슨 일들이 많았는지
불구하고
어느 하나가 다른 모두를 덮는다

끝없이 눈 덮인 히말라야 산중
하야임에
그 아래 뭐가 어찌 지내는지 하릴없다

너무 아프면 아픈 줄 모르고
너무 좋아도 그러하듯
나는 무언가에 덮여 살고 있다

세탁소 다리미질의 기쁨과
도시락 나르다 차 뒹굴었던 아찔함 사이
아픔과 기쁨이 흩어 뿌려져 있는데

감사하다는 한마디로
우연의 풍성함도 필연적 허무함도
하나같이 묻어 버리니

나는 덮여 있는 존재인가 하오

비 오는 날

밥 먹다 활 웃더니
전화하다 말고 까르르
손잡고 걷다 흘깃하더니
떨어져 있어도 마냥 에쁘다

창가에 서성이다
빗속에 새 한 마리 휘리릭
날아간 듯 서운하더니
곧 볼 듯 재잘거림 귀에 가득하다

사랑은
본 적 없는
속 꽉 찬 공갈 빵인가 보다

라면 생각

배고프지?
라면 끓여 줄까?

저 멀리 혼자 살던 날들
무섭게도 외로우메
하루 한 끼
라면 세 개

허기진 배가
차기도 전에
쌓였던 모든 체중
한숨에 몰려가니

어쩌다 한번 받아 드는 라면이
이다지 고마움이어라

배고픔

후두둑 소낙비
언제 그랬냐는 듯
어느새
개어 버려
뜨겁기만 한
어느 날

콩국수 한 그릇에
가슴 시원하더니
먹다 남은
국수 자락이
어린 그때
배고픔이어라

강아지

내 사랑하는 강아지
올매나 이쁜지
쓰다듬다 아깝고
못 다해 안타까운
그래서
아름다운 건가 하오

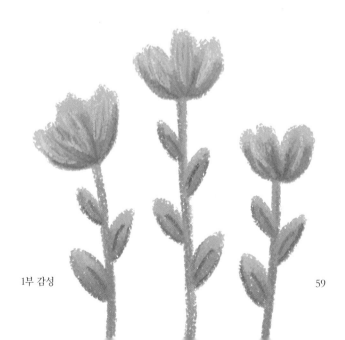

2부
근심

갈등

나는 이와 혀가 자주 부딪힌다
해서 먹을 때마다 조심한다

얼마 전에 세게 부딪혔다, 아팠다
원망과 저주도 했다
아픈 거 보면
나는 이가 아닌가 보다

혀는 바쁘다
생각 없이 휘둘리다
씹혀 피가 나도 대신할 뭐가 없다

세상의 빛과 소금이 되라 하나
실은 위에서 비추기만 하는 그 빛보다
실은 싱거운 거 좋아해서 별 볼일 없는 그 소금보다

아파도 멈추지 않는
죽이고 싶도록 미워도 가야 하는
나는 혀인가 합니다

친하다 생각한 분에게 배반당한 어느 날

어느 낯선 저녁

창밖에 아무것도 없다
까만 것이
내 방에 불빛만 돌아온다
텅 빈 공간은
그저 까마득하기만 하다

그리움은
빈 공간의 외침이려나
손 노동도
머리 굴려 돈 버는 것도
그저 지나가는
바람이려나

짓누르는 가슴
무어로 채울지
그저 답답해서
더더욱 뭉개지니

그저 낯설기만 하다오

이 창밖 하이얄 때
그리운 이 손잡고 내 가슴 트일려요

약한 모습

기억이 흔들린다,
어느 순간 고통,
어느 순간 행복,
지금보다 더하리

걸음이 흔들린다
순간이라 치부하긴
순간이 길다
지금 이 시간도 순간에 더하리

품을 때마다 흔들린다
언제까지나 내 옆에
언제 그 어디서 안개가 될지
지금은 지나지 않은 순간이라 그저 감사하다

눈물

눈물이 재인다
한없는 망상 속에
아무 짓거리 없이 그저 혼나는 아이처럼
눈물이 흐른다

아이가 깨었나
어느새 남모르게
아무 짓거리 해도 그저 받드는 노예가 되어
무엇이 나인가?

어쩌다 본 그림이
어쩌다 마주침이
어느새 일상이다
놀이공원 풍풍 뛰는 아이 같다

눈물이 흐른다
그저 고마워서

이태원

낮에는 내 달님
밤에는 내 해님
보지 못해
하염없이 아픈,

나는 걷는다
정처없이
어디 갈지 몰라
헤매심이 없는

이태원은
세월호, 성수대교
다름없이
나를 아프게 한다

나는 윤이 밉다
아픔을 모른다

고픔을 모른다
거짓 인간이다

근심

벼를 심는 농부는 들떠 있다
샴페인 터뜨리며
천 섬 만 섬 거두어
부자 되리라

가뭄으로 제대로 자랄지
참새 떼가 지나가더니
태풍이 온다네
근심이 샴페인 시절을 덮는다

다 무르고 돌아서리
무자식 상팔자라 해서
심은 벼 다 뽑으랴
어차피 벼는 살아남을 것을

힘든 날

아이 키우며 가슴 졸이는 허구한 날
비바람 폭풍우 친 적이
어디 한두 번이던가

내 탓인가 원망도 해 보고
무슨 문제인지 영문도 모른 채
잠 못 이룬 밤이 하루 이틀이던가

아이 좋아하는 파스타집에 가서
피자와 치킨 페니 늘어 두고
그저 나누는 시간이면 족할 것을

울 엄마도 나 키울 때 그랬으려나

나답다는 것

숨 쉬는 게 아프다
정의를 구하기에는 힘이 없고
눈 돌리고 안 보자니 마음 상하고
공자의 중용이 내 비겁함인가 보다

좋은 게 좋다는 말이 거슬리고
딱히 거절할 명분 없어 싫다 못하지만
좋다는 단어 뜻마저 마음 거슬리니
중간을 취함이 옳은지 묻고 싶다

이러지도 저러지도 못하는
혹시 그런 일이
내 사랑하는 이들에 생긴다면
과연 중간에 머물러야 나다운 것인지.

아님 혹시 나답다면
앞이 보이지 않는 흙탕물에서

그나마 힘 다해 꿈틀거릴 수 있다면
만연한 이 안일함이 덜 미안하지 않을지

큰 숨 한번 내쉬어 보련다

비비 꼬인 어느 날

양은 맨날 죽임만 당한다
양은 늑대들의 먹이다
목자는 양을 키워 끝내 잡아먹는다
어린 양은 더 인기 먹거리다

순박한 양치기 소년도
교회에 거룩한 분들도
국민 살리겠다며 지 갈 길 바쁜 윗분들도
어린 양들은 결국은 먹거리다

양의 자손은 그저 양이고
늑대의 자손은 상관없이 늑대다

나는 누구의 자손인가?
내 아들은?
그리고 내 며느리는?

시간의 조각들

산다는 것

하고 싶은 게 많다
글도 쓰고
노래도 하고
어떤 날은 공도 차고 싶다

길 가다 가끔 그런 생각
어디인지
무얼 하는지
하염없이 내일을 그려 본다

어제와 내일 사이
오늘 이 밤은
강물에 뜬 풀잎 타고
적셔 떠다니면 좋으려나?

걱정

올해 나라 살림이 엉망이다
무역수지 경상수지 적자
잘 모르는 숫자 놀음이
느끼지 못하고 내 살 깎아 먹는
벼랑 끝 내 나라다

어떡할까, 어찌하면 좋을까?
경제지 또닥거려 한마디 하려니
대강 아는 숫자로 놀 수 없듯이
비겁함 감추고 될 대로 되라는
등을 돌리니 공허함만이

대한민국이여
그래도 나는 사랑한다
때문이 아니라, 불구하고 사랑한다
가진 거 없이 버티느라
수고한 내 친구들이 가엽다

큰 박수 사랑과 환호는
얼굴에 티 감추느라 찍어 바른
분딱지인가

살림 걱정으로 글 쓰는 내가
힘들게 부끄럽다

나는 어디에

돌아가는 바퀴에 위는 어디고 아래는 어디에?
종일 여기저기
다니다 보면
남대문인지 동대문인지
헤매는 게
구름 위인지 땅속인지

여름맞이 녹색빛 가득한 동산 공원 숲길에서
아무 생각 없이
거닐다 보니
집 앞인지 산속인지
부딪히는 게
나무 이파리인지 거기 벌레인지

짙게 촉촉한 내음 따라 가다 보니 졸졸 시냇물
눈이 감긴다
팔이 저절로 벌어 펴진다

후우 쉬고 눈 떠 보니

만져지는 게

지나는 바람인지 그대 숨소리인지

무상

나는 너를 어쩌면 좋을까
길을 가다 생각나고
하릴없어도 보고프니
나는 꿈을 헤매는가 하오

친구 믿고 탈탈 모아 주었더니
이십 년 세월 허망하게
돈 날리고 빈털털이에
인생길 꿈같이 허망한가 보오

돌부리 채여 발가락 아픈 게
돌 탓이 아닌 것을
가 버린 친구에 가슴 치느니
인생길 꿈 위에 흘려 보내고

바람처럼 들어와 어루만지니
내가 그대를 어쩌면 좋을지

이리 비워서 채울 수 있다면
그대와 손잡고 헤매고 싶다오

머무름(1)

여기는 어디일까?
세 쪽 벽 한쪽 창가에 앉아
산 끝인지 하늘인지
머무른 내 눈이 맴돌기만 하는구나

우리는 어디 있을까?
대여섯 시간 운전대 잡으며
앞뒤 옆에 누가 가는지
머무르지 못하는 내 눈이 어지럽구나

알지 못하는 이곳에서
어디 가는지 황망한데
이 모든 게 가슴 메이게 좋으니
머무름이 아름다움인지 이제 알았구나

나는 인간미 넘치는
그래서
속물인가 보다

머무름(2)

어느 날 느닷없이
나타나서
머물다 눌어붙어
내 가슴 헤매이다

한 번쯤 떼고 싶은
몸짓에도
머물어 눌어붙어
하나가 되고 나니

지쳐 힘든 인생길
혹시라도
그대가 앞에 있어
머무르게 되려나

3부

신앙

믿음의 길

나의 성취
나의 능력을 보기보다
나의 상처를

믿음을 위하여 땀 흘리는 수많은 이들
주의 상처를 보기보다
주의 영광을

수백 페이지 기억에 찬 삶을
짧다고 어둠으로 밀어내기보다
나의 믿음조차
욕심의 열매인가

하나님의 기적은
병 고치고 먹이고 부자 되기보다
죽어 가는 전쟁고아의
아픔이라

너무 잊고 살았나 보다

상처에 깃들었던 사랑과 소망을

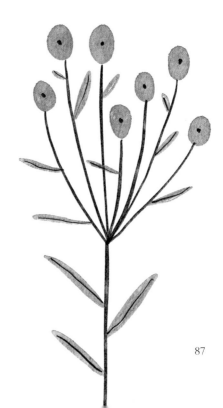

임마누엘

신은 나에게 끝없는 고통을
나는 안 죽으려 몸부림

있는 거 다 쓰고 주위 도움 구해 봐도
돌아오는 건 나홀로 외침

두드려 패도 풀리지 않는 가슴을
힘들게 열어 보이는 자존심에도

당신은 여전히 아니라네요
혹시 거기 계시는지요?

혼자

혼자다
할렐루야 마누라 기도 소리
으샤으샤 동료들 메시지들
들리는 듯 지나간다

예수도 혼자다
짧은 삶 가득한 고뇌
풀어야 풀리지 않는 기름처럼
부딪히고 후들인다

둘러보니
혼자가 아니다
막달라 마리아
여인들처럼
사랑은 눈꽃으로 피어난다

이미
혼자가 아니다

작은 빛

예수께서 말씀하시길
나는
이 일을 위해 보냄을 받았다

어머니께서 말씀하시길
나는
니들 잘 사는가 보니 더 원이 없다

나는
잃어버린 혼의 나그네
꿈과 현실 사이에 갇혀 울먹인다

기나긴 장마가 지나갈 건지
멀리 잠시
어둠을 뚫고 살짝 떠오르는 해님에

누군가의 눈물로 가득 흐르는
침침한 가로수길
작은 빛이라도 되어 비추련다

불구하고

나라서가 아니라
나임에도 불구하고
당신은 항상 내 옆에
고마워서 행복하오

당신을 첨 본 날이
오래전임에도 불구하고
한겨울 푸른 소나무
한결같아 따뜻하오

어느 날 둘이 걷다
지쳐 주저앉더라도
한결같이 품을 테니
불구하고 포근하오

믿음

탄천 물줄기 뱀자락처럼 놀다가
비 한 번에 누런 물 가득
언제 그랬냐는 듯
날 개이니 구비구비

소나기에 축축한 내 믿음은
초여름 더위에 날아가고
언제 그랬냐는 듯
말라 구부려져 흐른다

그래도 되는 건지
그래도 되었던 건지
언제 그분 만나면
눈치 없이 물어보련다

부활절 전 상서

당신은 누구시길래
연못 속에 숭어 한 마리 두고
배고픈 낚시꾼 둘이 아웅다웅하는 게
조화롭다 하시오?

당신은 어디 있길래
한길 남짓 연못에 물놀이하다
잠시 미끄러져 속절없이 빠져 죽는 게
당신 뜻이라 하시오?

당신은 무얼 하길래
연못에 평화로움 사라져 버린 지금
갈 길 몰라 죽느니 못하는 중생들에게
다시 산들 무슨 소용이리요?

당신 죽음의 고통이 더 다가오는
부활절입니다

4부
일상

일상

어느 날 갑자기
나는
일상에 젖어 있다

따뜻하다
축축함의 편견에서 벗어나
소복이
따스하다

생각할 수가 없다
지난 세월 어떻게
일상은
다르게 다가오는
포근함인가 보다

이파리들이
바람 따라 정처 없다
일상은
늦은 가을 허덕이는
바람인가 보다
나는 이파리 밟으며 걷고 있다

가신 님을 기리며

당신은 떠나갔네요
남길 수 있는 거 죄다 남긴 채
그냥

까닥스러움이 한껏 사랑스러운
나날이 불안하다시피 한
돛단배에서 부르던 불안했던 외침
하염없이 쏟아지는 메뚜기 떼처럼
그대는 거침없는 외침이었소

잘 계세요, 서 교수
기다리세요, 서 교수
내 그대 그리이다
와인 잔 기울이며
동무에도 사랑이 있을지
아픔이
길거리 견공들 허덕거림이 나인가 보오

시간의 조각들

버럭 서원석
그대의 아름다움이었소
배우고 싶어 시끄런 공사장에서
화난 듯 질러보았소
시원하다 떱떠리한

하지만 앞에 선 자의 무게
버럭 서원석은 잘 이끌고 모으고 품으셨소

그나마 떠나기 전까지도 마주해서 고맙소
주의 천사어
당신의 고통이 나에게는 크나큰 깨움
함께한 육백 일 남짓
이 부족한 인간에게는
주님 함께하신 나날이었소

이제 눈물을 거두려 하오
저 위에서 여기서만큼 필요했나 보오
어여 가서 하던 대로 베푸세요
나한테 하듯
내 눈물, 슬픔이 아닌 감사로 드립니다

경자년 끝자락에 새해를 바라보며

아프다는 것

여느 명절이다
오랜만에 부산 떠는 나는
여수 밤바다가 보고프기보다는
며늘아기 섬마을 본다 들뜬 아이 모습에
덩달아 들떠
여느 명절 딴 나라 가듯
부산하다

섬섬 차로 갈 것을
굳이 기차로 비행기로
꾀부리다 더 부산하다
비싼 돈 주고 빌린 차 아깝다고

여기저기 쏘다니는 모습이 가관이다

이미 절여져 흐느적거리는 파김치
다 큰 아이 뭐 그리 불안해서
절임 통에서 기어 나와
공항 데리러 간다고

두어 시간 또 운전이라
스테이크에 치즈 케익 더한 듯
꾸역꾸역

한나절 헤매다
발목에 철심 빼느라 병원행
척추에 바늘 꽂고 헤롱거리다
헬렐레 사흘
자는 둥 마는 둥

역시 동키 희태
굳이 쳇바퀴 뭐 좋다고
꾸역꾸역 나가서
할 일 다 하고 마실 거 다 마시고
흐느적 파김치
드러누워 세 시간 자고
뒤척뒤척 네 시간
퀭하고 또 쳇바퀴
그러길 열흘 밤낮

심은 대로 거두리라
찬란하게 코 밑 입술 정중앙
간신배 모양 뾰스락지

문재인 떠나는 길에

가끔은 힘들면 뒤를 돌아보세요
때로는
등을 보이는 게
지극히 힘들어
아름다운 나를 보는 거라오

마지막 퇴근길
함성이 어울려져
아쉬움 남는
문재인 대통령

미꾸라지 흔들어
보이지 않는
흙탕물 속
헤치고자
앉히고자
고생했어요

여기저기
앞으로도
힘들게 하겠지만

잘 지키소서
뒤를 돌아봄이
그 아름다움에
힘이 될 거요

우즈베키스탄

기계 소음 가득하며
나는 근두운 타고 하늘 나는 손오공
서역을 향해 달린다

돌고 돌아 우즈벡
무언가 있을 듯한 막연함에,
서 교수, 세브란스, 병원 사업
갔던 길 생각나,
한번 만난 서 교수 지인 루슬란에
그저 보낸
새벽 3시 반 메시지
바로 답이 온다
이미 세브란스 회의 땜에
깨어 있노라고
우연으로 위장한 인도하심인지
서 교수 빠진 우즈벡
왠지 무언가에 끌려가는 기분이다

의료 사업에
무슨 길이 열리려나
두근거림이

별 재미 없는 지역 난방 사업 출장을
설렘으로 채운다

아래 보이는 뭉게구름이
내 근두운이려나

우즈벡 출장 비행기 안에서

아들, 며느리와 함께

정월 찬바람 피해서 날아온 미야자키
오는 날이 장날이라 오들오들
골프 치러 가는 길 걱정만 가득한데
그나마 따사한 햇살이 이리 고마울 수가

자유 여행 하루 틈타 버스 타고 도착한 아오시마
몰아치는 바다 광풍에 갈 데 없어 오들오들
숙소행 버스 언제나 올지 한숨만 나오는데
그나마 부서지는 파도 거품이 이리 시원할 수가

마지막 날 저녁이라 물어 찾은 맛집 오오스시
추운 날씨 골프 치느라 온몸이 으슬으슬
눈물 콧물 범벅이라 식당이나 갈 수 있을지
그나마 소원풀이 가족 여행이 이리 고마울 수가

공항 가고 오는 길

인천대교 좌측으로 수평선이 청명하다
아래위 파란색이 하얗게 만난다
솟아오르는 비행기가 신이 난다
희망이 보였다

인천대교 우측으로 수평선이 흐릿하다
축축 붉그스름하다
내리는 비행기가 슬퍼 보인다
걱정스럽다

나는 요즘 붉은 넥타이가 꺼려진다
파란 타이를 더 사야겠다

매생이

흐느적 푸르쭉쭉 매생이
나는 매생이를 많이 좋아한다

3박 5일 출장 밤 비행기 새벽 귀국 해서
사우나 들러 후다닥 정신 차리고
출근에 회의에 저녁까지 달려도
반짝이던 그래서 자랑스럽기까지 하던 내 모습

2박 3일 출장 회의 두 개 저녁 두 번에
나는 흐느적 매생이
흐르는 시간을 빙그레 바라본다

오늘따라 매생이굴국밥이 생각난다

아내

손님들과 맛집 음식 나누다 들어오니
배불러야 할 마눌님 쫄쫄
혼자 무얼 못 하는 게
나도 그렇듯이
지나가는 세대의 아픔이라

먹을 만큼 먹어 별 생각 없이 들어오니
기다리다 허기진 마눌님
라스트 콜 맞추어 같이 또 먹다 보니
머물어 아름다운
함께하는 세대의 벅참이라

가신 님

미스타 김, 어찌 지내?
귓가에 아른거린다

어느 날 가 버린 님이여
남긴 거 이거저거 그리워

길 가다 손잡아 끌어 주던
한없이 따스한 손길들이

언제든 근처에 있어야 하는데
가시고 나니 맘 시리다오

미스타 김, 어찌 지내?
귓가에 머물러 메아리 되었다오

군계(群鷄)

공항 라운지가 야단스럽다
컵라면 후루룩 얼큰함 다시는 분들부터
뭐 없다 지적질하며 내가 낸데 폼 잡는 인간들까지
드나드는 각양각색
누가 누구의 구경거리인지
그 어딘가에 나도 있다

작은 빛

사는 게 왜 이리 힘드는지
살아 숨 쉬는 의미가 무언지

하는 거마다 되는 게 없고
되는 거마다 흩어져 갔다

애써 힘쓰면 비틀어지고
편히 가자니 뭉그러졌다

지나서 잊힌 이야기가
급작스레 다가와 두렵다

내 사랑하는 이들
내 아끼는 동료들
내 베풀고 싶은 동역자들
이름 모르는 힘들게 사는 이웃들

하는 건 되고
되는 건 모여서
꼬옥 이루어
그분들께 작은 빛이 되고파라

어머니, 아들 그리고 나

어머니는 서쪽 염창동에서
아들 며느리 손주 부부 보느라
구비구비 지하철
분당 먼 길 오신다.

덮은 눈꺼풀이 무거워도
시리는 무릎이 무슨 대수야
그저 밥 한 끼 나누는 바람에
먼 길 그저 즐거우셔라

손자 생일이라 건네는
그 얇은 봉투에는
쓰지도 못하는 삶의 회한이 녹아
한없는 사랑이어라

나는 참 부끄러운 아들이다

맺음말

⋮

발걸음을 쉬지 않는 유목민처럼
두려움 없이 나아가는 돈키호테처럼
치열하게 살아왔고 또 그렇게 살아갈
나의 삶, 또한 여러분의 삶
잠시 머물러 나누는 시간의 조각들

시간의 조각들